PAUL-LOUIS COURIER

CONVERSATION

CHEZ LA COMTESSE D'ALBANY
A NAPLES, LE 2 MARS 1812

CHEZ A.A.M. STOLS
à Paris, 3bis Cour de Rohan
1927

PAUL-LOUIS COURIER

CONVERSATION

CHEZ LA COMTESSE D'ALBANY

A NAPLES, LE 2 MARS 1812

CHEZ A.A.M. STOLS
à Paris, 3bis Cour de Rohan
1927

CE fut moi qui leur dis, je ne sais à quelle occasion, que notre siècle valait bien celui de Louis XIV. Fabre se récria là-dessus: Quelle différence, bon Dieu! tout sous Louis XIV fleurit. — Si vous parlez des arts, lui dis-je, en quel temps les a-t-on vus plus florissants qu'aujourd'hui? Je voulais le faire un peu causer. La comtesse me devina, et entrant dans ma pensée: Il est vrai, dit-elle que les arts sont aujourd'hui tellement cultivés, encouragés.... — On en parle beaucoup, dit Fabre. — Oh! on fait plus qu'en parler. J'appuyai ce sentiment de madame d'Albany, et pour preuve je citai le salon du Louvre à Paris, où tous les ans.... Oui, oui, interrompit Fabre; et s'approchant de la fenêtre du côté de Pausilippe: Où donc vont toutes ces troupes le long de Chiaia, là-bas, vers la grotte? — Je ne sais, répondis-je. Mais, par exemple, ce tableau de Gérard que nous vîmes hier chez le roi, n'est-ce pas là un bel ouvrage, et qui eût paru tel du temps de Lesueur et du Poussin? Ma foi, dit-il, les canonniers nos voisins montent à cheval. Il y a quelque parade sans doute. Le roi sera revenu de Caserte. Il tâchait ainsi de détourner la conversation; mais moi: Et David, lui dis-je, David n'est pas fondateur d'une nouvelle école? Guérin, Girodet et vous-même, ne faites-vous tous rien qui vaille?

Il me repartit: — Eh bien, oui; c'est mon métier; j'en puis parler, et je vous dis qu'il y a tel tableau du Poussin qui vaut mieux seul que tout ce qu'on a fait depuis.

„Je fus aise de le voir venir où je voulais. Je l'entretins sur ce propos, et il se mit à nous dire ce qu'étaient les arts sous Louis XIV, comparant les ouvrages d'alors à ceux d'aujourd'hui, et donnant de tout la prééminence au siècle passé, hors qu'il avouait que depuis un temps on se relevait chez nous de ce méchant goût, de cette misère où tomba si tôt notre école après ses beaux jours. Nous l'écoutions, et pour moi je n'eusse jamais songé à l'interrompre, car véritablement il parle bien de tout; mais sur ces choses-là où il est expert, il y a plaisir à l'entendre. La comtesse lui dit: A ce que je puis voir, en ce genre, selon vous, nous valons mieux que nos pères et moins que nos aïeux. Je vous crois, certes, plus capable que personne d'en bien juger; mais dans ce que vous nous dites n'entre-t-il point un peu de passion, quelque grain de partialité pour votre peintre favori? Car enfin ce tableau du Poussin... c'est comme si vous préfériez une fable de la Fontaine... — A merveille, dit-il; en effet, pour une belle fable de la Fontaine on donnerait aisément tous les vers du dix-huitième siècle. — Vous moquez-vous? La Henriade, les tragédies de Voltaire? — Pourquoi non? si Voltaire lui-même en est d'avis? — Quoi? — Chose sûre. N'a-t-il pas écrit, et je crois en plus d'un endroit, que personne, depuis l'âge d'or de notre poésie, n'a su faire vingt bons vers de suite? L'âge d'or de notre poésie, c'est le siècle de Louis XIV. — Eh bien, que fait cela? — Vous l'allez voir, pour peu que vous daigniez m'entendre.

„Vingt bons vers de suite dans une fable font une bonne fable, n'est-ce pas? — Comment l'entendez-vous? dit madame d'Albany. — J'entends qu'une fable ordinairement n'ayant guère plus de vingt vers, si vingt vers sont bons dans cette fable, et vingt de suite, la fable est bonne. — Assurément. — Or il y a, continua-t-il, telle fable de la Fontaine où ne se trouvent pas seulement vingt bons vers de suite, mais où tous les vers sont fort bons. Me trompé-je? — Oh! pour cela non. — Cette fable est bonne par conséquent? — Sans contredit. — Et une bonne fable est un bon ouvrage? — Qui en doute? — Maintenant, ni dans la Henriade, ni dans les tragédies de Voltaire, il n'a pas vingt bons vers de suite, de l'aveu même de Voltaire? — Comment cela? — Eh! oui. Ne sont-ce pas tous vers faits depuis la règne de Louis XIV, c'est-à-dire, depuis qu'est passé le temps où l'on savait faire vingt bons vers de suite? Et les gens difficiles n'y en trouvent pas dix. Or, je vous prie, Madame, un ouvrage en vers, et un long ouvrage où ne se trouvent pas vingt bons vers de suite dans plusieurs milliers, est-ce un bon ouvrage? — Mais, dit-elle, ce pourrait bien être un ouvrage médiocre. — Non, reprit-il, car le médiocre n'est pas reconnu des poëtes. Tout ce qui s'appelle poëme, au dire des maîtres de cet art, est bon ou mauvais; point de milieu. Le médiocre et le pire, c'est tout un. Vous savez le vers de Boileau. — Quoi! voudriez-vous dire que les tragédies de Voltaire sont de mauvais ouvrages? — Selon Boileau, dit-il; en effet vous le voyez; n'étant pas bonnes, puisqu'il n'y a pas vingt bons vers de suite, ni médiocres, puisqu'il n'y a pas de médiocre en poésie, elles sont de nécessité mauvaises. Mais je veux, pour l'amour de vous, Madame, que Boileau se trompe, Horace et toute la poétique; qu'il y ait des poëmes médiocres, et que la Henriade en soit aussi bien que les tragédies, vous m'accorderez qu'un seul bon ouvrage vaut mieux que cent mauvais ouvrages, mieux que tous les mauvais ouvrages qu'on saurait faire en cent ans? — Il me le semble bien, dit-elle. — Mieux même que tous les ouvrages médiocres? Eh! je ne sais trop. — Quoi! la chose ne vous paraît pas claire? — Eh, mais! dit-elle, par exemple, dix écus où il y aurait moitié seulement d'alliage et le reste d'argent fin vaudraient mieux qu'un bon écu sans aucun alliage. — Fort bien, parlant de la matière. Mais, à ne considérer que l'art, une médaille de Pikler vaut mieux que toutes les piastres du Pérou: et puis le mérite de l'exécution, la difficulté vaincue; si un sauteur saute dix pas, tous ceux qui viendront après lui sauter quelque cinq ou six pas, fussent-ils dix mille, ne feront rien. Et c'est cela même, voyez-vous. La Fontaine saute les dix pas, il franchit le fossé, lui. Voltaire et tous les autres, qui n'en peuvent autant faire, tombent pêle-mêle au fond. — Voilà, dit la comtesse, une comparaison...... Il avoua qu'elle était bizarre. — Mais enfin point de prix si on n'atteint le but. Vous avez beau en approcher, tout cela ne compte non plus que rien, et Boileau l'entend ainsi, ou je suis bien trompé. Que vous en semble? — Pour Dieu! dit-elle, concluez, et qu'il n'en soit plus parlé. — Non, Madame, non, c'est un chagrin que je veux vous épargner; car vous voyez où cela va. Il se trouverait tout à l'heure que l'Ane et le Chien de la Fontaine effaceraient Orosmane et tous les héros de Voltaire. Mais pour mon tableau du Poussin, que ce soit, si vous voulez, le ravissement de saint Paul, ou la femme adultère, ou un des sacrements, tête bleue! à de tels ouvrages opposer ce qu'on fait maintenant, c'est outrager le goût, c'est blasphémer les arts! „Sa colère et cette dialectique nous divertirent, et nous convînmes qu'il fallait qu'il eût été à quelque autre école que celle de David, pour argumenter de la sorte. Enfin, savez-vous bien, dit madame d'Albany, ce que vous avez fait avec votre logique et vos subtilités? C'est que vous ne m'avez point persuadée du tout. Jamais je ne croirai que les tragédies de Voltaire soient mauvaises, ni même médiocres. — Mais, Madame, ne vous le prouvé-je pas *par raison démonstrative?* Trouvez-vous rien à dire à mon raisonnement? — Que sais-je, si j'y voulais songer? dit-elle. Vous êtes préparé, vous, sur ces matières-là. Vous avez beau jeu contre nous, quand il s'agit des arts et de la littérature. — En effet, Madame, dis-je, il est là sur son terrain. Pour en avoir meilleur marché, il faut le dépayser un peu. Puis, quand il serait vrai, dis-je, m'adressant à lui, qu'on eût su mieux peindre alors et mieux écrire qu'aujourd'hui, n'avons-nous pas, nous, sur ce siècle-là d'autres avantages bien plus grands? Les sciences, la politique, la guerre.... — Ah! dit la comtesse, qu'est-ce que tout cela au prix des tableaux et des fables? Le saint Paul et vingt vers de suite, voilà la gloire d'un siècle. Tout le reste est bagatelle.

„Il se mit à rire, et nous dit: Ma foi, non seulement vous me dépaysez, mais vous m'embarquez là dans des mers inconnues. Les sciences, la guerre, la politique, ce sont lettres closes pour moi. — Ah! ah! dit la comtesse, la voilà qui fléchit. Allons, vous, me faisant un signe, ferme, achevez-le, c'est l'affaire de deux ou trois coups. — Quoi! dit-il, n'y a-t-il donc point d'accommodement? et qui vous céderait pour ce siècle-ci la guerre et les sciences, ne quitteriez-vous pas à l'autre les arts, la politesse, le goût? — Bon, vous voudriez, je crois, faire les choses égales. Non, point de quartier, ou vous signerez que nous l'emportons en tout sur votre Louis XIV, et que quiconque a pu soutenir le contraire est extravagant, ridicule. — Vous me croyez abattu, dit-il, vous me portez le poignard à la visière. Eh bien! plus d'accord, plus de paix; je reprends tout ce que je voulais bien vous céder, et je vous soutiendrai *mordicus*, jusqu'à mon dernier syllogisme, que ce siècle-là est en tout supérieur au vôtre autant que le cèdre à l'hysope. — Dans les sciences? dis-je. — Dans les sciences, dans toutes les sciences, depuis l'astronomie jusqu'à la croix de par Dieu. — Et dans la guerre? — Me voilà prêt à vous le prouver à pied et à cheval.

„Vous croyez qu'il se moque, me dit madame d'Albany; mais il est homme à se charger d'une pareille cause. — Pourquoi non? — Vous allez, lui dis-je, nous faire voir qu'on sait aujourd'hui moins de physique, de mathématiques. — Point du tout; ce n'est pas là de quoi il s'agit. — Comment? — Non, il n'est pas question d'examiner si nos savants en savent plus que ceux-là, étant venus après eux. Car d'abord, instruits par eux, ils ont su ce que ceux-là savaient; et depuis, il serait étrange qu'ils n'eussent pas appris quelque chose que ceux-là ignoraient. Les progrès qu'ont fait faire aux sciences les uns et les autres, voilà ce qu'il faudrait voir, et balancer les découvertes. — Eh, mais! lui dis-je, ce serait pour n'en pas finir. — Non, reprit-il, les grandes découvertes sont en petit nombre. Les nôtres, celles de nos pères, tout cela serait bientôt compté; et mettant à part ce qu'ils nous ont laissé, à part ce que nous-mêmes avons amassé, on verrait à l'œil que tout notre fonds nous vient d'eux, et que depuis longtemps en ce genre nous acquérons peu; puis le mérite, qui n'est pas petit, de nous avoir, eux, ouvert la route et aplani les obstacles. — Oh! ce qu'ils ont fait pour nous, nous le faisons pour d'autres. — Oui, mais c'est le premier pas qui coûte. — Ils moissonnaient, dis-je; nous glanons. Au reste, ajoutai-je, peut-être avez-vous raison en un sens, et je pense qu'il y aurait assez à dire pour et contre. — Vraiment, dit madame d'Albany, la matière est belle, et ce serait affaire à vous deux d'éclaircir ce point, s'il ne vous manquait... — Quoi? dit Fabre. — Oh! rien, une misère; de savoir de quoi vous parlez. — Quant à cela, dit-il, ce n'est pas une affaire. J'ai cru longtemps aussi qu'*on n'était point docteur sans prendre ses degrés*, et que pour parler des choses il les fallait connaître; mais je vois tous les jours tant de gens raisonner des arts sans en avoir la moindre idée, et en faire de gros livres et en tenir école, que, ma foi, je ne veux plus être ignorant sur rien, et je vais tout à l'heure vous parler de la guerre en amateur éclairé. Car je me doute que c'est là où vous m'attendez. — Vous soutenez donc, lui dis-je, la gageure jusqu'au bout? — Hautement. — Allons, voyons comme vous vous en tirerez. — Oui, dit la comtesse, voyons, parlez-nous de batailles.

„Il fut un moment à rêver debout contre le mur de la fenêtre, regardant vers Capri, et à quelques mots que nous lui dîmes il ne répondait rien; puis revenant à nous: Il faut d'abord, dit-il, établir la question. — Quelle question? lui dis-je; il n'y a point de question. Vous vous mettez en tête de soutenir qu'aujourd'hui nous sommes moins guerriers qu'on ne le fut sous Louis XIV; appelez-vous cela.... — Oui, voilà ce que c'est, nous sommes moins guerriers; voilà ce que je veux démontrer. Or, qu'est-ce que guerriers? — Guerriers, dis-je, ce sont les gens qui font la guerre. — Ainsi, dit-il, les plus guerriers seraient ceux qui font le plus la guerre? — Assurément. — Non, reprit-il, ce n'est pas là la question; ai-je raison de la vouloir déterminer exactement? Rien n'est si rare que de s'entendre et de savoir de quoi l'on dispute. Rappelez-vous donc qu'il s'agit de la gloire du siècle, qui consiste non à faire beaucoup la guerre, mais à la bien faire; hé? — Sans doute. — Car, ajouta-t-il, si vous me disiez, dans notre première discussion, qu'on peint plus à présent que du temps du Poussin, j'en demeurerais d'accord; mais non pas si bien; et que l'on écrit davantage, sans contredit; mais de quelle façon? voilà le point. Or, il en va de même de la guerre à mon avis. — J'entends bien, dis-je; vous prétendez qu'on la faisait alors mieux, avec plus de science et d'habileté qu'aujourd'hui. — Justement.

„Madame d'Albany riait, et elle lui dit: Après cela vous nous conterez vos campagnes, vos siéges, vos batailles; car, pour parler de ces choses-là, il faut bien que vous en ayez quelque expérience. — Je ne crois pas, dit-il, quant à moi, cette nécessité. — Quoi! vous connaîtrez qui fait mieux ou plus mal la guerre, sans l'avoir jamais faite, sans être du métier! — Fort bien. Ne puis-je juger les acteurs à moins d'être acteur moi-même? et de la pièce, n'oserai-je en dire mon avis si je n'ai composé? Mais vous, Madame, je vous prie, fîtes-vous jamais la cuisine? — Non, dit-elle, qu'il me souvienne. — Eh bien! à table, l'autre jour, chez madame votre sœur, vous déclarâtes son cuisinier le meilleur de Naples et du royaume. N'ayant jamais pratiqué l'art, vous prononçâtes hardiment sur le mérite de l'artiste; et en effet à l'œuvre on connaît l'ouvrier, sans qu'il faille être pour cela immatriculé dans la profession. Enfin on faisait mieux la guerre en ce temps-là; et voici comme je le prouve. — Un moment, dis-je, répondez-moi. Pourquoi fait-on la guerre? —Pourquoi? — Oui, quel est le but qu'on se propose en faisant la guerre? N'est-ce pas de battre l'ennemi? — Sans doute. — Et de le dépouiller? — Fort bien.

„En quinze jours nous battons plus d'ennemis, et faisons plus de conquêtes qu'on n'en eût su faire en cent ans alors. — Un moment, me dit-il; à mon tour. Quel est le but du jeu? de gagner, si je ne me trompe? — Oui. — Eh bien! de deux joueurs jouant séparément contre différents adversaires, l'un gagne dix sous, l'autre dix louis; et le premier qui gagne dix sous a joué trois heures durant, le second trois minutes; en trois coups il a donné le mat et gagné dix louis. Lequel joue le mieux? — C'est selon, dis-je. — Comment, selon? y pensez-vous? Dix louis en trois minutes, et dix sous en trois heures? — Mais, dis-je, si l'homme aux dix louis a eu affaire à une mazette? — Ah! voilà ce que c'est! Dans vos guerres vous avez affaire à des mazettes qui vous laissent conquérir des royaumes en quinze jours; et en quinze ans alors à peine gagnait-on quelque place. Qu'est-ce à dire, sinon qu'alors on se battait, la partie se défendait? Alors étaient les grands joueurs, alors se faisaient les beaux coups. Si on perdait à Malplaquet, on prenait sa revanche à Oudenarde. L'échec de Ramillies se réparait à Denain. C'était au plus habile. Aujourd'hui que voit-on, des marauds qui dépouillent quelque enfant de famille.

„Il dit autre chose encore.... Vos courses de Paris à Vienne.... On abandonne plutôt la capitale maintenant qu'alors on ne reculait un pas sur la frontière....L'honneur en ce temps-là,aujourd'hui le butin.... Et puis il ajouta, dont je me souviens bien: Voulez-vous que je vous dise? On pille, on massacre aujourd'hui, on ravage beaucoup plus qu'alors; mais certainement on se bat moins.... Car la guerre, qui avait autrefois deux parties, l'attaque et la défense, n'en a plus qu'une maintenant; et s'il y eut jamais un art de s'égorger, la moitié en est perdue. — Assurément, dit la comtesse, ce n'est pas faute qu'on l'exerce. Pour moi, j'aurais cru tout le contraire; c'était l'art que j'imaginais le plus perfectionné de nos jours.

„Mais, Madame, dis-je, remarquez-vous qu'il doute même s'il y a un art de faire la guerre? — Comment? — Demandez-lui plutôt. Et le voyant sourire: — Mais, dit-elle, il y en a tant de livres. — Oh! il y a, dit-il, des livres de théologie, et même des livres de magie. Cependant je ne crois pas plus à l'une qu'à l'autre. — Et qu'est-ce donc que la tactique, la fortification, la castramétation? — Que je meure si j'en sais rien! — Oh bien! je le sais, moi, et je m'en vais vous le dire, dit madame d'Albany. La tactique, c'est l'art de ranger des soldats selon certaines règles, pour donner des batailles. En un mot, c'est l'art de se battre. — Et sans cet art, dit-il, on ne se battrait point? Oh! la bonne science! ajouta-t-il, et bien nécessaire! car comment ferions-nous, je vous prie, pour nous entre-tuer, si de grands hommes ne nous en montraient la méthode? — Tout ce qu'il vous plaira; mais elle existe enfin cette méthode, cette science, vous ne le sauriez nier. — Écoutez, dit-il: je veux croire, puisque tout le monde l'assure, qu'il y a un art de la guerre; mais vous m'avouerez que c'est le seul qui ne demande point d'apprentissage. C'est le seul art qu'on sache sans l'avoir appris. Dans les autres, il faut de l'étude et du temps: on commence par être écolier; mais dans celui-ci on est d'abord maître, et pour peu qu'on y apporte des dispositions, on fait son chef-d'œuvre en même temps que son coup d'essai. — Expliquez-nous ceci, dit madame d'Albany; car votre idée est étrange, ou je ne vous comprends pas. — Eh quoi! dit-il, moi, par exemple, quand j'ai voulu être peintre, je ne me suis pas mis à peindre tout d'un coup. Il me fallut d'abord apprendre le dessin; je dessinai d'après la bosse, je dessinai d'après nature. Mais, avant d'en venir là, combien de temps croyez-vous que je demeurai à faire des yeux et des oreilles, des pieds, des mains, une demi-figure, puis une figure entière? Et venu là, nouveau travail; nouvelles études d'après le modèle vivant. Que d'application! que de patience! que de difficultés! et je n'avais pas encore commencé à peindre! Enfin je peignis, fort mal d'abord, ensuite moins mal, puis un peu mieux. Au bout de trente ans finalement, je suis peintre tel que j'ai pu être, et quand j'étudierais mon art encore trente années, je ne saurais jamais autant qu'il m'en resterait à apprendre. Or, voilà ce que je veux dire: dans ce grand art de commander les hommes à la guerre, la science ne vient pas comme cela peu à peu, mais tout à la fois. Dès qu'on s'y met, on sait d'abord tout ce qu'il y a à savoir. Un jeune prince à dix-huit ans arrive de la cour en poste, donne une bataille, la gagne, et le voilà grand capitaine pour toute sa vie, et le plus grand capitaine du monde. Qui donc? demanda la comtesse; qui a fait ce que vous dites là? — Le grand Condé.—Oh! celui-là c'était un génie. — Sans doute, dit-il; et Gaston de Foix? L'histoire est pleine de pareils exemples. Mais ces choses-là ne se voient point dans les autres arts. Un prince, quelque génie qu'il ait reçu du ciel, ne fait point tout botté, en descendant de cheval, le *Stabat* de Pergolèse, ou la sainte Famille de Raphaël.

„Voulez-vous, lui dis-je, qu'un prince soit peintre ou maître de chapelle? — Non, dit-il; Dieu me garde d'avoir cette pensée. Molière l'a dit, je m'en souviens: *La coutume chez nous ne veut pas qu'un gentilhomme sache rien faire*; à plus forte raison un prince. Mais ces gens, qui ne savent rien faire, savent faire la guerre, n'est-ce pas? — Assurément, et mieux que d'autres. — Oh! pour mieux, c'est une autre affaire. J'ai vu

Des gens de tout métier, de tout poil, de tout âge,

comme dit la Fontaine, endosser le harnois et se trouver guerrier: sans y avoir jamais pensé. J'ai vu des peintres, de mes camarades à moi, jeter là la palette et conduire des troupes à la guerre comme s'ils n'eussent fait autre chose de leur vie. Je doute qu'il y ait un maréchal qui ne se trouvât embarrassé, si l'empereur lui commandait un tableau d'histoire. — Je crois, lui dis-je, comme

vous, que peu s'en acquitteraient bien, et vous seriez apparemment dans la même peine si on voulait vous obliger à commander un corps d'armée. — Peut-être. — Quoi, vous en doutez? — Mais c'est qu'en effet il y a une grande différence. — Et quelle? — Le maréchal est sûr de ne pouvoir faire un tableau. Il n'a pas besoin d'essayer; mais moi, je ne puis être sûr, avant d'en avoir fait l'épreuve, si je ne commanderais pas bien. — Pourquoi, dis-je, sauriez-vous moins que lui ce que vous pouvez faire, ou lui mieux que vous de quoi il est incapable? —Ah! c'est qu'on n'a jamais vu un général peindre, au lieu qu'on a vu commander des peintres, et des gens d'autres professions, ou même sans profession, au-dessous desquels je n'ai pas l'humilité de me placer, et je ne crois pas qu'on soit tenu d'être si modeste.

„Tout de bon, dit madame d'Albany, vous vous mettriez demain à la tête d'une armée? — Je n'irais pas, dit-il, m'offrir; mais si on m'en priait. — Vous vous y prêteriez? — Et comment m'y refuser? j'aurai beau dire que je suis peintre, pauvre diable, sachant dans mon métier peut-être quelque chose, hors de là quoi que ce soit, on me répondra que les princes qui ne savent rien du tout font ce qu'on exige de moi, et que ce que fait bien un prince, tout le monde le peut faire. Dire que je n'ai lu de ma vie une ligne de leur tactique, ni vu seulement la parade, mauvaise excuse que cela. Messieurs tels et tels, vivants ou morts depuis peu, sans en avoir plus de pratique ni l'étude que vous, ont pris de ces commandements, et s'en sont acquittés avec l'applaudissement universel: que répondrai-je?

„Mais enfin, repartit madame d'Albany, il y a des règles à la guerre, et ces règles-là il les faut savoir. — Voulez-vous, Madame, que je vous dise là-dessus ma pensée? J'ai peur qu'il n'en soit de la guerre comme du langage. Il y a des règles pour parler, et ces règles font un art qu'on appelle la grammaire. Or, on a remarqué que les maîtres dans cet art, et tous ceux qui s'étudient à parler régulièrement, parlent plus mal que les autres. — Justement, dit-elle, et les princes et les gens de cour, qui ne savent point ces règles, sont ceux qui parlent le mieux, et voilà comme ils font la guerre. — Sans savoir ce qu'ils font, reprit Fabre. — Comme M. Jourdain de la prose. — Ce qu'on pourrait vous dire, Madame, c'est que, dans la vérité, le langage de la cour.... — Quoi? allez-vous encore me disputer cela, et avez-vous résolu de ne nous rien accorder? Expliquez-nous plutôt pourquoi, s'il est si commun de voir des gens faire la guerre sans l'avoir apprise, et si c'est une chose si aisée, pourquoi il y a si peu de grands capitaines. — Mais, Madame, de fait, y en a-t-il si peu? Comptez dans chaque siècle les sculpteurs et les peintres; je dis les bons, ceux dont les ouvrages se peuvent regarder deux fois; comptez les poëtes, vous en trouverez de loin en loin, à certaines époques rares et fortunées, quelques uns, en quelque coin de l'Europe. Car, des quatre parts de la terre, trois sont stériles pour les arts, et le sol à cet égard le plus favorisé de la nature est dix siècles sans rien produire. Dix siècles se passent sans qu'on voie un peintre, un écrivain passables. Mais de grands généraux, il y en a toujours en tous temps, en tous lieux. — Mon Dieu! dis-je,au contraire,il n'y en a jamais qu'un. Vous ne verrez nulle part dans l'histoire deux conquérants contemporains; et sous Alexandre il y avait plusieurs grands peintres, plusieurs sculpteurs, poëtes, orateurs excellents; mais il n'y avait qu'un Alexandre. — Que dites-vous? Il y en avait mille auxquels il ne manquait qu'une armée; et son secrétaire même qui n'était point soldat, qui ne portait en campagne que la plume et l'écritoire, se trouva grand capitaine sitôt que Dieu le voulut, et battit les Cassander, les Polysperchon et tous les traîneurs de sabre. Allez, il y avait dans l'armée d'Alexandre cent officiers capables de la commander comme lui, et hors de l'armée mille individus ayant en eux, sans le savoir, tout ce qui fait les Alexandre. — Et croyez-vous, dis-je, qu'il n'y ait pas mille gens ignorés qui possèdent toutes les qualités propres à faire un grand peintre? — Sans doute il y en a, dit-il, mais beaucoup moins que de ceux-là dont on ferait de grands généraux. — Et à quoi le voyez-vous? — Parbleu, cela est clair. La moitié des gens qui se battent sont vainqueurs et grands guerriers. De deux généraux opposés, l'un battra l'autre, et sera grand; c'est l'affaire d'une heure. Combien peu, de tant de gens qui s'appliquent aux arts, parviennent en toute leur vie à la médiocrité! L'étude donne les talents, le hasard les commandements; mais vingt ans d'étude ne font pas toujours un bon peintre, chaque jour de bataille fait un grand général! — Sur ce pied-là, dit la comtesse, nous en devons avoir bon nombre; que d'exagération! — Vraiment, reprit-il, j'ai tort; non-seulement la moitié, mais tous sont d'étoffe à faire des héros, et la fortune manque à plusieurs, le mérite à aucun.—J'entends: selon vous, on s'élève toujours par la fortune, jamais par le mérite. — Franchement, dit-il, le mérite a fort peu de part à tout cela. Un homme naît grand, ou on le fait grand, sans que le mérite s'en mêle. David n'est pas né peintre, et personne ne l'a fait peintre; il s'est fait lui-même ce qu'il est: à cela il y peut avoir du mérite. En un mot, on est général sitôt qu'on a une armée; on a une armée dès qu'on est fils de Philippe, ou gendre de Pompée, ou ami de Sylla,et on gagne des batailles.Est-on peintre dès qu'on a une toile et des couleurs, et peut-on faire un tableau? N'y va-t-il que d'être parent de David ou de Canova, pour tenir un rang dans les arts? — Mais aussi, dit-elle, est-ce tout d'avoir une armée? — Si ce n'est pas tout, c'est beaucoup; car après cela il n'y a plus qu'une bataille à gagner,et la fortune se charge encore de cette partie là; mais pour qu'un homme soit peintre, il y faut plus de façon; cela ne se donne pas en dot ni ne se lègue par succession. Jamais le pinceau du Titien ne fut un héritage; Raphaël ne dut rien au bon plaisir de Michel-Ange; il eût servi de peu à Lysippe d'épouser la sœur de Scopas ou la fille de Praxitèle. Pour parvenir au comble de la gloire de son art, ni alliance, ni parenté, ni naissance, ni faveur ne le pouvaient dispenser d'un seul des degrés nécessaires de ce pénible apprentissage; et, pâlissant sur le modèle, encore eût-il perdu ses veilles comme tant d'autres, si le ciel ne l'eût doué d'une âme capable de sentir les beautés naturelles; car il faut tout cela: une exquise sensibilité et un travail opiniâtre, un enthousiasme de génie et une patience à l'épreuve des difficultés, une conception vive et prompte et une lente méditation, tout ce que peut joindre l'étude à une heureuse nature, assemblage plus rare que la fortune et les commandements; et voilà pourquoi si peu d'hommes excellent dans les arts, tandis qu'il y a un grand général partout où l'on se bat. — C'est là que vous en revenez toujours, dit la comtesse. — Et notez bien, poursuivit-il, remarquez encore ceci,de grâce. Ce général n'a qu'un adversaire; celui-là, vaincu par adresse, par ruse, par force ou par hasard, lui livre le prix. Tous ses compagnons sont ses instruments, agissent par lui et pour lui, confondent leur gloire dans la sienne. Mais, pour un artiste, autant de camarades, autant de rivaux qu'il doit combattre tous ensemble et séparement, à armes égales, sans fraude, sans supercherie, et s'il sort vainqueur de cette lutte, il a encore rien fait; on lui oppose les anciens, toujours présents et vivants dans leurs ouvrages, pour lui disputer la palme avec tout l'avantage que donne une gloire établie. Car enfin, une bataille ne se rapproche point d'une bataille.Les victoires passées ne font nul tort à celles d'aujourd'hui; au contraire, la dernière efface toujours toutes les autres: Pharsale fait oublier Arbelles, et au jour de Cérisoles on ne se souvient plus de Marignan. Mais, que Canova envoie une figure à Paris, elle y trouve l'Apollon, le Laocoon, le Gladiateur. Sa besogne est mise à côté de celle d'Agathias, mort il y a deux mille ans; et chacun peut, d'un coup d'œil, juger qui des deux mieux a fait. Non-seulement ses contemporains, mais tous les siècles passés lui disputent le triomphe. — En vérité, dit la comtesse, je ne sais pas s'il *impose; mais il parle sur la chose comme s'il avait raison.* Qu'en pensez-vous? me dit-elle. — Moi? Madame, je vois que le monde est bien sot d'honorer tous ces gens qui gagnent des batailles et soumettent des provinces, et de ne pas voir que la gloire, l'estime, l'admiration publique appartiennent de droit aux peintres et aux poëtes. Voilà de beaux héros, vraiment, que ces César et ces Alexandre, pour être célébrés et divinisés; parlez-moi d'un homme qui fait des tableaux de chevalet ou des rimes redoublées. Quel tort on vous fait là, messieurs! Cela crie vengeance! — Ne vous fâchez pas, me dit-il; tout va mieux que vous ne pensez, et les artistes ni les poëtes n'ont pas tant à se plaindre de l'injustice des hommes; car, travaillant pour la gloire, ils en ont de reste, et sont mieux partagés à cet égard que les conquérants. —Comment? m'écriai-je, surpris d'une pareille assertion. — Oui, vous et bien d'autres, dit-il, vous prenez le bruit pour de la gloire. — Oh! nous savons faire cette distinction. — Mon Dieu, non, vous ne la faites point. Vous croyez (quand je dis vous, c'est la plupart des gens) qu'un homme dont on parle beaucoup a beaucoup de gloire. — Selon, dis-je, comme on en parle.

— Et ce fut là, continua-il, la dispute de Boileau et du prince de Conti. Vous savez ce trait? — Non, je pense. — Boileau était dans le carrosse du prince de Conti, et on parlait de cela justement, de la gloire des lettres et des arts, que le prince rabaissait fort, faisant cas seulement de celle qui s'acquiert par les armes. Chacun, comme vous croyez bien, fut de l'avis de Son Altesse. Boileau seul, peu courtisan, soutint et par vives raisons prétendit prouver que la gloire d'Homère égalait celle d'Alexandre. Là-dessus un homme passant, le prince l'appelle, et lui demande: Mon ami, dites-moi qui était Alexandre? — Un grand capitaine, Monseigneur. — Et Homère, qui était-il? — Ma foi, Monseigneur, je ne sais. — On se moqua du pauvre Boileau. Vous voyez que le prince prenait pour de la gloire le bruit des conquêtes d'Alexandre, et triomphait de ce que cet homme en avait ouï quelque chose, n'ayant de sa vie entendu le nom du poëte. — Mais, Monseigneur, demandez-lui qui est le bourreau de Paris, il vous le nommera sur-le-champ; et qui est le premier prédicateur de la cour, il ne saura que vous répondre. Est-ce que le bourreau a plus de gloire, et préféreriez-vous sa renommée à celle du révérend père Bourdaloue? Voilà ce que put dire Boileau. Il avait trop de sens pour juger autrement de ces choses-là. Il se connaissait en gloire, non pas seulement en poésie, et il faisait, lui, peu de cas de celle d'Alexandre. Il le traitait de fou, d'enragé: vous rappelez-vous ces vers? *Qui, traînant après soi les horreurs de la guerre,* — oui, oui, *de sa vaste folie...* — C'est cela, — *remplit toute la terre.* Mais s'il parle de Racine: *Eh qui, voyant un jour......*: comment est-ce qu'il dit? *ne bénira d'abord le siècle fortuné....* — Ah! il était poëte. — D'accord. — *Vous êtes orfèvre, monsieur Josse?* — Mais les âges suivants ont trop bien confirmé ce jugement de Boileau pour que l'on en puisse appeler; et sa prédiction s'accomplit chaque jour sur nos théâtres, où tout Paris applaudit les pièces de Racine. Chaque jour on bénit le siècle qui vit naître ces pompeuses merveilles.Le siècle qui vit les carnages d'Arbelles et d'Issus, s'avisa-t-on jamais d'en bénir la mémoire? Et regrette-t-on qu'Alexandre n'ait pas vécu plus longtemps pour donner d'autres batailles, comme on pleure que Racine ait refusé à la scène de nouveaux chefs-d'œuvre après Athalie? En un mot, qu'est-ce que la gloire? — La gloire? dis-je: pour en trouver la juste définition, il y faudrait penser un peu. — Oh! dit la comtesse, la voici toute trouvée, la définition; et elle prit un livre près d'elle, et tournant quelques feuillets: c'est du Montaigne, nous dit-elle; et elle lut: *La gloire est l'approbation que le monde fait des actions que nous mettons en évidence.* Et Fabre là-dessus: — Eh bien! est-ce cela? Vous paraît-elle exacte cette définition? Et comme je fis signe que je m'en contentais: — Voyons donc à présent, dit-il, qu'approuve davantage le monde, la guerre ou la poësie? — On approuve l'une et l'autre en son temps — Mais, répliqua-t-il, en tout temps on approuve les vers, pourvu qu'ils soient bien faits, comme ceux de Racine ou de Boileau; qu'en dites-vous? — Sans doute. — Et les peintures comme celles de Raphaël, les statues telles que l'Apollon, ne sont-ce pas là des choses qu'on approuve toujours? — Belle demande. — Et partout? — J'en demeurai d'accord. — La guerre, poursuivit-il, bien faite, comme la faisaient Alexandre et César, l'approuve-t-on toujours? — Je ne répondis pas d'abord. — Que vous en semble? — Eh, mais! lui dis-je, c'est selon. — Selon quoi? — Selon qu'elle est ou juste ou injuste, et encore selon l'intérêt que chacun y peut avoir. — Vous dites bien, me répondit-il; car, par exemple, ceux qu'elle ruine, et le nombre en est infini, ne l'approuvent nullement. Les orphelins, les veuves, les parents à qui elle arrache un fils en âge de payer les soins paternels; enfin les pères, les mères, les femmes, les enfants, voilà, comme vous voyez, une bonne partie du monde, sans parler des marchands, laboureurs, artisans, qui n'approuvent point la guerre, quelque bien qu'on la fasse. Aussi, à dire vrai, les connaisseurs sont rares. Tandis qu'il y aura peut-être quelques tacticiens qui s'écrieront, à la lecture d'une relation: Oh! la belle bataille! le beau siége! tout le reste du genre humain, noyé dans les pleurs, chargera d'exécration l'auteur de la bataille ou du siége. Voilà l'approbation qu'on donne à la plus belle guerre.

„Avec tout cela, dis-je, il y a des guerres justes; vous ne le nierez pas. — Quoi! dit-il, elles le sont toutes. Il n'y en a point qui ne soit juste d'un côté et injuste de l'autre. — Eh bien! la guerre juste, on l'approuve. — Vous ne m'entendez pas, dit-il. Nous parlons de la gloire des guerriers. La gloire, en ce genre, c'est de tuer beaucoup. C'est cela qui fait le héros, à tort ou à droit, il n'importe; et celui qui perd la bataille n'est jamais qu'un misérable, eût-il toute la raison du monde. Le vainqueur seul est le grand homme, et le plus grand homme est celui qui tue davantage: car ce ne serait rien d'avoir tué quinze ou vingt mille hommes, par exemple. Avec cela on est à peine nommé dans l'histoire. Pour y faire quelque figure, il faut massacrer par millions. Or, ces boucheries-là, quelque belles, quelque admirables qu'elles soient, au dire de ceux qui s'y connaissent, le monde, pour user des termes de Montaigne, les approuve peu, généralement.

„Nous lui témoignâmes quelque doute que cela fût vrai. Car on admire, disions-nous, beaucoup plus les conquérants que les rois bienfaisants; et la comtesse ajouta qu'il n'y avait point d'homme qui n'aimât mieux être Alexandre que Titus. — Il se peut, et je le crois comme vous, répondit Fabre; peut-être aussi admire-t-on plus un fameux brigand qu'un sage magistrat. Cependant on approuve le juge qui fait prendre le brigand. Enfin vous et moi, me dit-il, nous approuvons plus Raphaël d'avoir bien peint la Madone et l'enfant Jésus, que César d'avoir égorgé trois millions d'hommes en sa vie; et le monde est, ce me semble, assez de notre avis. Il se fait tous les jours de massacres qui valent bien ceux de César; mais le monde y prend peu de plaisir, et divinise des ouvrages bien au-dessous de ceux de Raphaël. Si des vœux de la terre y faisaient quelque chose, on verrait moins de Césars et plus de Raphaëls. En doutez-vous? c'est qu'on approuve la besogne de ceux-ci, non de ceux-là; et pour en venir aux exemples, continua-t-il, Alexandre, dont nous parlions, c'est le coryphée des destructeurs de l'espèce humaine; nul ne l'a surpassé dans cet art. Les guerres d'Alexandre en son temps, pensez-vous qu'on les approuvât? — Tout le monde, non. — Comment, tout le monde? Et de qui croyez-vous qu'elles fussent approuvées? Des Perses qu'il exterminait? il n'y a pas d'apparence. Des Grecs qu'il massacrait à Thèbes? Des Macédoniens à qui sa gloire coûtait leur sang, leurs enfants et le produit le plus net de leurs héritages? Mais non; de ses compagnons peut-être, des chefs de son armée qui périssaient victimes de ses extravagances ou punis de les avoir blâmées? A celui qui lui conseillait de faire enfin la paix, vous savez ce qu'il répondit: *Oui, si j'étais Parménion*, c'est-à-dire, si j'étais un homme; mais je suis un héros, il me faut du carnage; tout autre passe-temps est indigne de moi, et je veux m'y divertir tant que je trouverai des villes à saccager, des champs à ravager, des gens à égorger. Pensez, je vous prie, comme cette rage plut au général Parménion, qui eût bien voulu jouir un peu de sa nouvelle fortune à Pella, et comme il goûta le projet de s'en aller subjuguer l'Inde et la Libye. Ce que Boileau appelle folie dans Alexandre,alors on le nommait autrement, et personne, croyez-moi, n'approuvait ses fureurs, non pas même ceux qui en profitaient.

„Voyant qu'il s'arrêtait et nous regardait pour connaître ce que nous pensions: Il y peut avoir, dis-je, à cela quelque chose de vrai. — Or, dites-moi, reprit-il, les poëmes de Racine, les tableaux du Poussin, ou du temps d'Alexandre les peintures d'Apelle, les sculptures de Lysippe, furent approuvées des Grecs, des Macédoniens, des Perses également. Étrangers, citoyens, alliés ou ennemis, tous d'un commun accord louèrent ces ouvrages et leurs auteurs. Si cela n'est écrit, il est probable au moins. Eh? — Je n'en fais nul doute. — L'approbation du monde, ou la gloire, selon Montaigne, était donc pour ceux-ci et non pour Alexandre. Que vous en semble? — Mais vraiment.... — Et eux, des millions de bras ne s'armèrent point pour les aider à se faire un nom. Point de gens à cheval, point de phalanges à leur commandement: seuls, sans bouleverser l'Europe et l'Asie, sans piques ni épées, ils ont forcé le monde à les admirer. Encore, ajouta-t-il, ceux-là dont la renommée coûte si cher au genre humain, que laissent-ils après eux? un bruit, un souvenir mêlé avec celui de désastres fameux; mais rien qui soit proprement d'eux; nul monument, nulle œuvre de leur intelligence qui les représente aux hommes. Par les arts seuls qu'ils ignorent ils vivent dans la mémoire, et leur gloire, toujours indépendante du labeur d'autrui, périt, si quelqu'un ne prend soin de la conserver.

„— Ah! lui dis-je, celle de César se passe très-bien d'un pareil service, et personne, je crois, n'a mieux su se recommander soi-même à la postérité. — Il est vrai, certes, et c'est là ce qui le distingue du vulgaire des conquérants. Aussi, était-il autre chose qu'un donneur de batailles. Mais vous m'avouerez que sa tactique ne brillerait guère maintenant sans sa rhétorique, et que celle-ci fait bien valoir l'autre. Car enfin qu'est-ce qu'une gloire dont aucun titre ne subsiste? Qu'est-ce qu'un nom tout seul dans la postérité? Ceux-là vraiment ne meurent point dont la pensée vit après eux. Alexandre fut grand guerrier; on le dit; je le veux croire; mais Homère est grand poëte; je le vois, j'en juge moi-même, et si je l'admire, c'est avec pleine connaissance, non sur la foi des traditions. Raphaël respire encore et parle dans ses tableaux. La Fontaine m'est mieux connu que si, lui vivant, je le voyais sans lire ce qu'il a écrit. On peut dire même que ces hommes-là gagnent à mourir, et que leur âme, qu'ils ont mise tout entière dans leurs ouvrages, y paraît plus noble et plus pure, dégagée de ce qu'ils tenaient de l'humanité. Mais vos guerriers, leurs équipages, leur suite, leurs tambours, leurs trompettes font tout leur être, et, perdant cela, qu'ils vivent ou meurent, les voilà néant.

„Sur ce pied-là, dit la comtesse, Trissotin avait raison, qui n'*aurait pas voulu changer sa renommée contre tous les honneurs d'un général d'ar-*

mée. — Trissotin, je ne sais, dit Fabre; mais à votre avis, Madame, tous les honneurs que l'on rendait par ordre du roi à messieurs les maréchaux valaient-ils un peu seulement de cette gloire que Corneille *ne devait qu'à lui-même?* Et Molière qui parle ainsi, aurait-il changé la sienne contre celle d'aucun général, quand c'eût été même Turenne ou Condé? aurait-il donné *le Misanthrope* pour toutes leurs batailles? Son ami Boileau, je crois, ne le lui eût pas conseillé. Il savait trop bien,lui,qu'*on ne fait pas des vers comme l'on prend des villes*, et que tout ce que font les héros s'est fait de même avant eux, se fera encore après, et se ferait sans eux. Quelqu'un aurait gagné la bataille de Rocroi, quand même monseigneur ne s'y fût pas trouvé; mais *le Misanthrope*, qui l'eût fait sans Molière? Quand a-t-on fait rien de pareil, avant ni depuis? Et je vous prie duquel se passe-t-on mieux, de batailles ou de bonnes comédies?

„Comme la comtesse allait lui répondre, un domestique entra, et dit qu'on avait servi. — Ceci vient à propos pour vous, dit-elle à Fabre! car vous voilà, je pense,au bout de vos raisons.—Rien moins, sur mon honneur. Je ne vous en ai pas dit le quart, ni les meilleures. Tenez, Madame, de grâce, que répondriez-vous...? — Non, non, je vous donne gagné, dit-elle, et je tombe d'accord de tout ce que vous voudrez, pourvu que nous nous mettions à table. Nous nous y mîmes, et la comtesse, pendant le dîner, fit la guerre à Fabre sur sa façon d'argumenter,et son panégyrique des arts. A propos des arts, nous parlâmes de madame Hamilton, qui a longtemps habité cette maison-ci, et puis de Nelson, à propos de madame Hamilton. La comtesse l'a connu, et dit qu'il ressemblait à Canova. Après le dîner, elle et Fabre montèrent en voiture, et je rentrai chez moi où j'écrivis ceci."

„Note". Ceci était considéré par Courier comme „achevé". L'ayant depuis longtemps en portefeuille, il le destina en 1821 à être inséré dans un journal périodique intitulé „le Lycée", dont M. Viollet-Leduc, son ami, était redacteur. Les bornes de ce recueil ne permirent pas de publier un morceau d'une telle étendue, et la conversation demeura inédite. Elle est intitulée „Cinquième conversation", parce que d'autres ayant préparé celle-là, Courier, engagé par la comtesse d'Albany, comptant les écrire toutes; mais, à l'exception d'une conversation sur Alfieri, dont on n'a point retrouvé trace, quoiqu'elle soit connue de quelques amis de Courier, le projet s'arrêta là.

(Note de l'édition de 1851)

„*Conversation chez la comtesse d'Albany*, fut publiée pour la première fois dans les *ŒUVRES DE P. L. COURIER, précédées de sa vie, par Armand Carrel. Pamphlets politiques. Fragments d'une traduction d'Hérodote. Pastorales de Longus. Correspondance. Paris, Librairie de Firmin Didot Frères, Imprimeurs de l'Institut de France, rue Jacob, 56. / 1851.*"

Notre édition reproduit fidèlement le texte de 1851.

COMPOSÉ EN CARACTÈRES CASLON. IMPRIMÉ SOUS LA DIRECTION DE A.A.M. STOLS SUR LES PRESSES DE MM. BOOSTEN & STOLS, MAITRES-IMPRIMEURS A MAESTRICHT.

LE TIRAGE EST LIMITÉ A 125 EXEMPLAIRES SOIT 5 SUR JAPON IMPÉRIAL ET 120 SUR PAPIER DE HOLLANDE DES MANUFACTURES PANNEKOEK, DONT 20 HORS COMMERCE, TOUS NUMÉROTÉS DE 1 A 125.

N° 60

www.ingramcontent.com/pod-product-compliance
Ingram Content Group UK Ltd.
Pitfield, Milton Keynes, MK11 3LW, UK
UKHW022147170726
13837UKWH00004B/1831

9 782329 196961